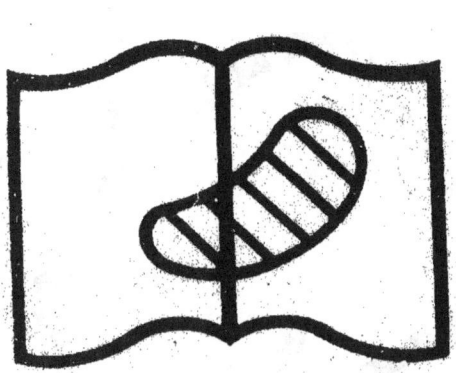

Illisibilité partielle

Contraste insuffisant

NF Z 43-120-14

Valable pour tout ou partie
du document reproduit

Couverture inférieure manquante

Original en couleur

NF Z 43-120-8

LE
BIEN DUCAL

POÈME DE LA FIN DU XVe SIÈCLE

PAR

Jean GUILLOCHE

PUBLIÉ POUR LA PREMIÈRE FOIS D'APRÈS LE MANUSCRIT UNIQUE

DE LA BIBLIOTHÈQUE DE TURIN

PAR

Philippe TAMIZEY DE LARROQUE

CORRESPONDANT DE L'INSTITUT ET DE L'ACADÉMIE DES SCIENCES, BELLES-LETTRES
ET ARTS DE BORDEAUX

Avec le portrait inédit du poète bordelais

BORDEAUX
IMPRIMERIE G. GOUNOUILHOU
11, — RUE GUIRAUDE, — 11

1893

À mon cher maître et ami
Monsieur Léopold Delisle
reconnaissant et affectueux hommage
Ph. Tamizey de Larroque

Pavillon Peiresc, 8 décembre 1893

LE BIEN DUCAL

Original en couleur

NF Z 43-120-8

LITH. E. ALEXANDRE, SAINTES

LE

BIEN DUCAL

POÈME DE LA FIN DU XVe SIÈCLE

PAR

JEAN GUILLOCHE

PUBLIÉ POUR LA PREMIÈRE FOIS D'APRÈS LE MANUSCRIT UNIQUE

DE LA BIBLIOTHÈQUE DE TURIN

. PAR .

Philippe TAMIZEY DE LARROQUE

CORRESPONDANT DE L'INSTITUT ET DE L'ACADÉMIE DES SCIENCES, BELLES-LETTRES

ET ARTS DE BORDEAUX

Avec le portrait inédit du poète bordelais

BORDEAUX

IMPRIMERIE G. GOUNOUILHOU

11, — RUE GUIRAUDE, — 11

1893

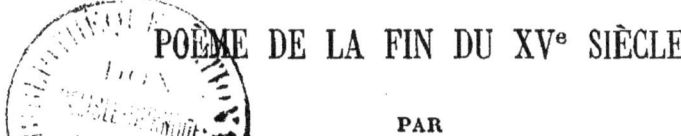

Extrait, à 100 exemplaires,
des *Actes de l'Académie nationale des Sciences, Belles-Lettres
et Arts de Bordeaux.* (Année 1893.)

LE BIEN DUCAL

Poème de la fin du XVe siècle

AVERTISSEMENT

Je veux tout d'abord saluer la mémoire de mon devancier, le marquis E. de La Grange, membre de l'Institut et de l'Académie de Bordeaux. J'ai eu le bonheur d'avoir avec cet érudit les plus cordiales relations. Les Caumont La Force, dont je me suis jadis beaucoup occupé ([1]), avaient été entre nous un premier trait d'union. *Maître Guilloche, Bourdelois,* acheva de nous rapprocher l'un de l'autre. M. de La Grange daigna me demander quelques renseignements pendant qu'il préparait son excellente édition de la *Prophécie du roy Charles VIII* ([2]), et, quand j'eus rendu compte de son petit volume, il me témoigna en termes encore plus affectueux que courtois tout le gré qu'il me savait d'éloges qui, disait-il gaiement, comp-

---

([1]) Voir relativement à mes projets au sujet d'une notice sur le château de Caumont et sur ses anciens seigneurs, mon recueil de *Documents pour servir à l'histoire de l'Agenais.* (Agen, 1875, in-8°, p. 57.) J'ai publié un chapitre de cette monographie dans les *Actes* de l'Académie de Bordeaux, sous le titre de : *Hercule d'Argilemont* (1890). Ai-je besoin de rappeler que le marquis de La Grange, qui avait épousé une demoiselle de Caumont La Force, a été l'éditeur des *Mémoires* de Jacques-Nompar de Caumont, duc de La Force, pair et maréchal de France ? (Paris, 1843, 4 vol. in-8°.)

([2]) Paris, Académie des Bibliophiles, 1869, petit in-8° de LIV-82 p.

taient double dans un recueil aussi sévère que la *Revue
critique* (¹). La mort ne tarda pas à m'enlever un de mes
plus aimables correspondants, mais je garde fidèlement
le souvenir de ce parfait galant homme, de cet érudit si
distingué, dont les généreuses fondations en faveur de
l'Académie des Inscriptions et de l'Académie de Bordeaux
contribueront à rendre le nom impérissable.

Combien surtout j'ai souvent pensé à l'éditeur de la
Prophécie du roy Charles VIII depuis le jour où j'ai eu
sous les yeux le poème que je publie aujourd'hui, poème
précédé d'une petite autobiographie qui complète les
renseignements réunis dans l'*Introduction* du savant aca-
démicien! M. de La Grange avait ignoré le prénom du
poète et avait dû se résigner à l'appeler *Maitre Guilloche*
tout court. Or, l'auteur du *Bien ducal* a soin de nous
apprendre qu'il portait le prénom de *Jean*. Mon devancier s'était demandé (p. xxii) ce qu'était devenu le poète
depuis l'année 1494, époque de la composition de la
Prophécie : « Est-il mort immédiatement? A-t-il vécu
encore? Une nuit épaisse l'enveloppe. Les documents
contemporains restent muets à son égard. » C'est Jean
Guilloche lui-même qui répond, en quelque sorte, aux
questions désespérées de son premier éditeur. Il se montre
à nous, peu d'années après « mil quatre cens nonante
quatre » (²), « notaire et secretaire » de Philibert II, duc
de Savoie, dont il avait sans doute fait la connaissance
lors de l'expédition de Charles VIII en Italie, expédition
à laquelle le futur duc, encore presque enfant, prit part
auprès de son père. Guilloche ajoute qu'il composa son
poème, étant affaibli et souffrant, couché « dans un lit

(¹) No du 7 août 1869, p. 93.
(²) C'est le premier vers (p. 1) de la *Prophécie du Roy Charles huitiesme
de ce nom, ensemble l'exercice d'icelle.*

de destresse ». C'était donc pour charmer les ennuis de
la maladie, et aussi, très probablement, pour se recom-
mander, en cette triste situation, à la bienveillance, plus
précieuse que jamais pour lui, de son jeune protecteur
qu'il en a célébré toutes les qualités physiques et mo-
rales (¹), y joignant l'éloge de la famille de ce prince et
de sa cour, y compris les belles demoiselles qui en fai-
saient l'ornement, comme les roses, selon la gracieuse
comparaison du galant François Iᵉʳ, font l'ornement du
printemps.

A quelle époque Guilloche produisit-il le *Bien ducal?* Il
a, par malheur, oublié de mettre une date à l'épître
dédicatoire qu'il adresse à Philibert; mais il est facile de
déterminer cette date, du moins approximativement. Le
poème, destiné, comme on le verra, à saluer le *soleil
levant,* dut suivre d'assez près la mort du duc Philippe
(7 novembre 1497). Ce fut, pour ainsi dire, le don de
joyeux avènement que Philibert reçut de son protégé.
Nous n'hésiterons donc pas à regarder le poème comme
postérieur seulement de quelques mois au décès du duc
Philippe, et nous lui assignerions avec confiance la date
de 1498. M'objectera-t-on que Guilloche déclare qu'en ce
moment-là son héros « n'a pas encore vingt-cinq ans »?
ce qui nous transporterait aux premières années du
xvıᵉ siècle, je répondrais que les poètes n'y regardent
pas de si près; que, pour eux, quelques années de plus
ou de moins ne comptent pas, et, par conséquent, qu'il
faut bien se garder de prendre à la lettre une indication

(¹) Le poète insiste à plusieurs reprises sur la beauté du jeune prince, et
l'histoire a confirmé ces éloges en l'appelant Philibert *le Beau.* La postérité
est également d'accord avec Guilloche en ce qui regarde les vertus de Philibert, auquel on attribue surtout courage, douceur, libéralité, piété, prudence, etc. Voir le *Dictionnaire de Moréri, l'Art de vérifier les dates,* la
plupart de nos recueils biographiques, etc.

qui n'a rien de formel (¹). Du reste, pour prouver claire-
ment que le narrateur était, en cette occasion, brouillé
avec la chronologie, il suffit de rappeler que lui-même
inflige à sa vague assertion un écrasant démenti en nous
montrant auprès de Philibert la duchesse Yolande Louyse
de Savoie, morte en l'extrême fleur de sa jeunesse, le
12 septembre 1499, apres trois ans et quatre mois de
mariage (²). Le *Bien ducal* est donc forcément antérieur
à l'automne de 1499, comme il est forcément postérieur
à l'automne de 1497, et nous adoptons, on le voit, une
très vraisemblablé moyenne en l'attribuant à l'année qui
suivit la mort du duc Philippe et qui précéda la mort de
la pauvre petite duchesse.

Que le chantre de Philibert II ait été heureusement
inspiré dans toute l'étendue de son poème, je ne m'avi-

(¹) Philibert, né le 10 avril 1480, n'avait pas même vingt-cinq ans, mais
seulement vingt-quatre ans et cinq mois, quand il mourut d'une pleurésie,
le mardi 10 septembre 1504, au château de Pont-de-l'Ain, dans la même
chambre où il était né, ainsi que le répètent tous les historiens, depuis
Samuel Guichenon (*Histoire générale de la royale maison de Savoye*, Lyon,
1660), jusqu'au docteur Jules de Bourrousse de Laffore (*Nobiliaire de
Guyenne et de Gascogne*, Bordeaux, 1883).
(²) La date du mariage (12 mai 1496) est donnée par Guichenon et les
autres annalistes ou généalogistes, mais longtemps j'ai vainement cherché
la date précise du décès de Yolande. Guichenon se contente de dire qu'elle
mourut peu de temps après son mariage. D'autres ont écrit, trompés sans
doute par cet indécis et flottant témoignage — oh! qui nous délivrera de
l'*à peu près?* — qu'elle expira l'année même où elle avait épousé son
cousin. Il s'est trouvé un érudit-amateur qui a indiqué avec désinvolture
l'année 1500. Le 12 septembre 1499 est marqué dans un document quasi
officiel, le tableau généalogique de la royale maison de Savoie, publié, en
1856, par le chevalier Louis Cibrario, sénateur, ministre des affaires étran-
gères, etc. (Lyon, Louis Perrin, plano), et dont je dois la communication à
la secourable amitié de M. A. Vingtrinier, conservateur de la grande bibliothèque de la ville de Lyon. Pourquoi M. Cibrario a-t-il transformé le gracieux nom de *Yolande* en celui de *Violante?* Rien n'excuse cette malheureuse
innovation. Conservons à la première femme de Philibert II le nom que lui
donne aussi bien un historien classique comme Guichenon (t. I, p. 563)
qu'un témoin auriculaire comme Guilloche. D'ailleurs, on retrouve le nom
Yolande porté par plusieurs autres princesses de la Maison de Savoie,
notamment par la femme du duc Amé IX, Yolande de France, et par la
femme du duc Charles-Jean, Yolande-Louise-Philiberte.

serai pas de le prétendre. Si l'on trouve dans ses vers de
la facilité et de la gentillesse, parfois même un assez vif
pétillement de la verve gasconne, comme, par exemple,
dans cette charmante invocation au zéphir (1) :

O zephirus, soufflez; arbres et fleurs
Teignez iardins, champs et prez en verdeur
Par tout ou Monsieur le Duc passera ;
Remplissez les tost de bounes odeurs
Pour resiouyr les gens et nobles cueurs
Et appelez vostre amye Flora,
Car a ce faire vous aydera,

on y trouve aussi — ayons, quoique éditeur, le courage
d'en convenir — de nombreux et graves défauts (2).
Mais ne soyons pas sans miséricorde pour ces défauts.
On n'a pas le droit de demander à un poète épuisé par
le chagrin et par la maladie les qualités que l'on peut
exiger d'un poète jeune et vigoureux. Comme Guilloche
nous en supplie d'une façon touchante à la fin de son
épître dédicatoire et surtout à la fin de son poème, où la
prière, pour mieux être entendue, prend les allures d'un

(1) Le poète, ainsi que bon nombre de ses confrères d'autrefois et d'aujourd'hui, regarde le zéphir comme un vent très doux, alors que c'était,
dans les textes de l'antiquité, un vent violent, un vent de tempête.

(2) Vers la fin du poème, à la suite d'un appel à une nouvelle croisade
contre les infidèles, avec une sorte de traduction plusieurs fois répétée du
sursum corda, l'auteur se livre à des jeux d'esprit qui ressemblent fort aux
enfantillages de nos *parnassiens*. Il y a là une vaine recherche de rimes
trop riches à double sens, comme *confonde* et *qu'on fonde*, *divisions* et *dix
visions*, *avantage* et *avant âge*, *malice* et *mal ysse*, etc. On pourrait repro-
cher à Guilloche d'autres puérils tours de force qui feraient penser aux
nugæque canoræ, si les bagatelles en question n'étaient pas indignes de
l'épithète. Je ne citerai parmi ces déplorables jongleries que des petites
pièces dont tous les mots commencent par la même lettre. La première de
ces pièces, consacrée à Philibert, est entièrement formée de mots à l'ini-
tiale *P*, comme le poème qui amusait tant nos aïeux, intitulé *Pugna porco-
rum* :

Philibert, prince preux, paysible, etc.

Constatons que le marquis de La Grange avait déjà dénoncé, dans son
glossaire, les calembours de Guilloche.

refrain, pardonnons-lui, infirme et presque mourant ([1]), de n'avoir pas mis plus d'éclat et d'harmonie dans son dernier ouvrage, dans son *chant du cygne*, et adoucissons nos justes critiques en y mêlant ce que l'on a si bien appelé le miel divin de la charité.

Du reste, il faut le reconnaître, l'auteur du *Bien ducal* rachète quelque peu ses faiblesses et travers en poésie par les détails intéressants qu'il nous fournit sur le duc Philibert et sur l'entourage de ce prince. Sa description de la cour de Savoie est un petit tableau d'histoire. Sans surfaire le peintre, on peut dire que ses coups de pinceau complètent les portraits, tracés par de plus graves écrivains, du duc Philippe, de la duchesse Blanche, surtout ceux du duc Philibert et de sa première femme. Sur la seconde, Marguerite d'Autriche, mariée le 26 septembre 1501, les renseignements abondent et surabondent ailleurs. En Espagne comme en Italie, dans les Pays-Bas comme en France, on s'est à l'envi, jadis et de nos jours, occupé de la princesse, qui a immortalisé son nom en élevant l'église de Brou, près de Bourg en Bresse, merveille d'élégance et de beauté que l'on croirait sortie de la main des fées ([2]). Mais pendant que la mémoire de Marguerite était partout glorifiée et fêtée, on oubliait Louise-Yolande

([1]) Le poète ne devait pourtant pas être fort âgé si, comme il le semble bien, il était un frère puîné de Raymond de Guilloche, lieutenant du sénéchal de Guyenne en 1467, qui fut confirmé par l'édit du 1er juin 1472 dans son office de conseiller au Parlement de Bordeaux, et dont la femme (Jeanne de Bourdeau, fille du greffier civil et criminel de la Cour), est dite veuve en 1501. Tout cela circonscrit la naissance de l'auteur du *Bien ducal* dans le second tiers du xve siècle. Ajoutons que notre Guilloche fut très probablement un oncle de Pierre, qui eut l'honneur d'être maire de Bordeaux en 1536.

([2]) Je mentionnerai seulement l'ouvrage le plus considérable sur ce sujet, celui du comte de Quinsonnas : *Matériaux pour servir à l'histoire de Marguerite d'Autriche, duchesse de Savoie, régente des Pays-Bas. Les tombes ducales de Brou et bibliographie. Analectes ou pièces justificatives* (Lyon, L. Perrin, 1860; 3 vol. in-8º, sur beau papier, avec portraits et vignettes.)

de Savoie, et la pauvrette (je demande la permission de traduire avec une cordiale familiarité le mot *poverita,* qui dut lui être, à sa mort, tant et tant appliqué) ne laissait pas plus de traces de son rapide passage en ce monde que l'éphémère papillon n'en laisse dans les airs. Sachons gré à Guilloche de nous avoir, seul parmi ses contemporains, fait connaître cette séduisante et fugitive figure qui ressemble à un doux pastel presque effacé. Ne serait-ce qu'à cause des particularités curieuses que nous révèle sur Yolande sa chronique rimée (1), la publication de ce document mériterait de trouver un favorable accueil ailleurs encore que dans le pays natal de l'auteur.

Cherchant à me rapprocher le plus possible du modèle que M. de La Grange a donné dans son édition de la *Prophécie du roy Charles VIII,* j'ai mis, comme lui, à la suite de l'avertissement, une description du manuscrit du poème. Comme lui encore j'ai reproduit le texte avec une minutieuse fidélité. Toujours comme lui, j'ai groupé suivant l'ordre alphabétique et sous le titre de *Glossaire-*

---

(1) Parmi ces particularités, il en est une très intime et qui tout d'abord fait songer au joli mot de Mᵐᵉ de Lassay à son mari : « Comment faites-vous donc, Monsieur, pour être si sûr de ces choses-là? » Mais on ne s'étonnera plus de l'insinuation du poète au sujet des lys de la virginité, comme parlent les auteurs mystiques, conservés par Yolande, quand on se rappellera qu'à sa mort c'était encore presque une enfant, car elle était née le 12 juillet 1487, et elle n'avait donc que douze ans et deux mois. Je ne puis m'empêcher de constater que les deux femmes de Philibert le Beau, auraient eu, au point de vue conjugal, la même singulière situation, s'il faut ajouter foi au mélancolique distique que Marguerite passe pour avoir composé :

Ci-gît Margot, la gente damoiselle,
Qu'eust deux maris et si mourust pucelle.

Mais, je l'avoue, j'ai toujours pensé que la fameuse épitaphe manque d'authenticité, n'en déplaise à Guichenon, lequel affirme avec la plus robuste confiance (p. 616 de l'ouvrage déjà cité) que Marguerite « enveloppa de toile le papier sur lequel étaient ces vers, et l'attacha à son bras avec ses principaulx joyaux, » au moment où elle croyait être engloutie dans la mer, que soulevait une grande tempête.

Index, les explications utiles, sans rien sacrifier au luxe, cette fois, dans mon commentaire (¹). Enfin, j'imite surtout mon devancier en me disant, « avec autant de respect que d'affection (²), » le « très humble collègue » des membres de cette Académie de Bordeaux qui, voilà déjà plus de trente ans, m'a fait l'honneur d'inscrire mon nom sur le livre d'or de ses correspondants, et m'a ainsi prématurément donné un très flatteur et très précieux témoignage de confiance que je voudrais avoir mieux justifié.

(¹) Un philologue éminent, M. A. Thomas, professeur en Sorbonne, a daigné reviser mon glossaire avec la plus amicale et la plus efficace attention.

(²) Épitre dédicatoire *à Messieurs les membres de l'Académie de Bordeaux*, p. II.

DESCRIPTION DU MANUSCRIT

Le poème de Guilloche est conservé dans la *Biblioteca nazionale* de Turin (jadis de la *Regia Università*), sous le n° CXLIX; il a été indiqué par erreur sous le n° CXLVIII dans le catalogue de Pasini (tome II, page 496) (¹). Le manuscrit est composé de sept cahiers formant vingt-huit feuillets dont le premier contient au verso le portrait de l'auteur et le dernier est blanc; les autres sont numérotés (numérotation moderne) 1 — 26. Le format est de 150 × 212 mm. Le papier porte la marque d'une tête que surmonte une étoile.

La reliure paraît être de l'époque même où le poème fut composé : elle est en carton recouvert de deux pièces de velours peluche aux couleurs de Savoie, rouge en haut, blanc en bas; il y a des traces d'anciennes attaches en soie de mêmes couleurs. La tranche est dorée et ciselée.

L'élégance de la transcription, la richesse de la reliure et surtout la présence du portrait de l'auteur, semblent attester que ce fut là l'exemplaire offert par le poète à son protecteur, le duc Philibert le Beau.

La copie du manuscrit et des miniatures qui l'embellissent (portrait, armes de Savoie) a été faite avec grand soin et grande habileté par M. V. Armando, archiviste de la *R. Deputazione di storia patria* de Turin, que m'a désigné un des meilleurs érudits de toute l'Italie, mon cher confrère et ami, M. le baron Manno (²), secrétaire de la Royale Députation et membre de l'Académie des

---

(¹) Mentionnons, de plus, une étiquette donnant la place actuelle du ms. collée sur le volume et dont voici la représentation

L	
V	56

(²) De même que M. le baron Manno a choisi pour moi une si excellente main, un autre de mes savants amis, M. Louis Audiat, président de la *Société des Archives historiques de la Saintonge et de l'Aunis,* m'a procuré, en la personne de M. Alexandre (de Saintes), l'artiste qui a reproduit avec une si heureuse délicatesse les dessins de M. Armando.

Sciences de Turin, qui m'a rendu tant d'autres services avec une obligeance aussi infatigable que sa proverbiale activité de travailleur. Je ne puis assez remercier M. Armando et M. le baron Manno de m'avoir si bien aidé à rendre à la France, en sa parfaite intégrité, le dépôt, presque quatre fois séculaire, confié à la Maison de Savoie par un enfant de Bordeaux.

———————

Original en couleur

NF Z 43-120-8

LE BIEN DUCAL

——

A l'ouneur et louenge de mon treshault trespuissant tresillustre et tresexcellent seigneur Philibert duc de Sauoye de Chablays et douste Prince du sacre empire romain et vicaire perpetuel. Marquis en Litalye. Prince de Piemont. Conte de Genesue de Baugiac et de Villars. Baron de Vaud de Faucigniac de Gay et de Belfort. Seigneur de Nice de Verceil et de Fribourg. Mon souuerain seigneur et maistre. Moy Iehan Guilloche natif de Bourdeaulx notaire et secretaire de mondit seigneur le duc nonobstant l'infirmite ou egritude possedans ma persoune dans ung lit de destresse aussi pour obuier plus grant esclandre de maladie et de mon propre mouuement. ay voulu o l'ayde et permission diuine dicter et composer ce petit liuret titule le Bien ducal en ensuyant les grandes excellentes et innumerables vertus de mondit seigneur le duc redondans au bien prouffit et vtilite de sa duche de Sauoye pays a icelle adiacens generallement de toute la chose publicque. Ce pour douner plaisir et passe temps de lire a plusieurs contes barons cheres nobles dames et damoyselles bourgeoys et marchans dudit pays en leur tractant du tres grant bien fortune et boune aduenture que Dieu leur a transmis orendroit de mondit seigneur le duc si tres noble bel bon preux et debonaire comme plus aplain pourrez veoir cy apres. Si proteste prumerament et auant tout oeuure en requerant benignement

tous seigneurs nobles bourgeoys dames damoyselles
et autres gens tant escripteurs compositeurs et de
liures dictateurs ou acteurs ce present liuret lisans
que sil y auoit parolle ne langaige mal a propos ou
mal dicte en matiere ou en forme leur plaise corriger
reparer et amender me pardouner les faultes en ex-
cusant mon altere entendement ou lors maladif par
lequel ay procede comme s'ensuit

L'an mil c.c.c.c IIII^{xx} dix sept
Du temps que mars durant tresues dormoit
Ou que le gal en France tenu s'est
Lyon volant la bisse reffermoit
En ce temps que la paix se refformoit
Par feu tresillustre duc de Sauoye
Preux phellipes septiesme l'on nommoit
Que atropos meurdrit allant Savoye

S'il eust vescu la paix encommncee
Par son moyen et par ses faitz et ditz
Orendroit seroit bien paracheuee
Le roy et ligues fussent or amys
Forge eust le bien ducal du pays
Pascience louons Dieu en general
De ce qu'a laisse Philibert son filz
Qui tel paix fera et le bien ducal

O atropos cruelle tres mauldite
Sathanique orde plaine de rage
Venimeuse pire qune interdicte
Commant as tu fait vng si grant oultraige
D'auoir prins cellui duc tant preux tant saige
De si noble sang tant debonaire
Tout ton vaillant excuse ne langaige
Ne pourroit cestuy mesfait satisfaire

Je scay bien que ton regard basilicque
Occist et mect a la mort tous humains
Mais pourquoy as tu descharge ta picque
Contre celluy tant bon dont trop me plains
Il ne te fit oncques mal de ses mains
Qu'a dit sa langue que pensoit son cueur
Que t'a fait son corps son ame encor moins
Helas tu ly as fait trop grant rigueur

2

Deccuba ne fut oncques si grant dueil
Ny Andromaca si fort ne pleura
Pour la perte de troye com maint oeil
Pour cestuy seigneur en lermes dura
Maint seigneur maint noble deul endura
Cheualiers mainte dame et damoyselle
Aussi le poure peuple en souspira
Pour ceste mort qui lors fut trop cruelle

O faulce mort paruerse tresinique
Qu'as tu gaigne ores par son deces
Tu l'as mis en ta gueule draconicque
Deuore occiz en terre enchassez
Cuydes tu folle mort par tes exces
Que la lignee se perde ou desuoye
Pour neant as rauy maintz ducz trespassez
Car tousiours viura le duc de Sauoye

Ce n'est que ta coustume et faulse guyse
A toy seule ien doune tout le blasme
Au fort si vous supply tous gens d'esglise
Dictez *requiescat in pace* son ame
Seigneurs nobles damoyselles ou dame
Priez pour luy dictez *de profundis*
Il n'y a remede il est soubz sa lame
Ie pry a Dieu que luy doint paradis

Peuple savoysien loyal benigne
Louez Dieu de Sauoye protecteur
De ce qu'il a laisse par droite ligne
Philibert son droit fllz duc et recteur
De toutes vertus prince directeur
Pilier de foy aux pouures secourable
De paix et iustice compilateur
Bon bening et seigneur tres amyable

Si comprendre voulez entierement
Le tresnoble sang dont il est yssu
C'est de Sauoye paternellement
Derrier duc chacun l'a bien veu et sceu

Maternellement a este conceu
Du droit Bourbon la ducale maison
Deux nobles duchez sans estre deceu
Vertueuses et d'excellent blason

Cousin germain du roy tres chrestien
Ses seurs duchesses d'Orleans bourbon
Des contes de ligny de dunoys tien
Tous filz de frere et seurs de grant renom
Pourtant ly deuons douner tiltre et nom
Tresnoble tousiours aussi chacun an
Et ie le diz qui le vueille ouyr ou non
Qu'il est de plus noble sang que troyan

Monsr le duc tiet si tresnoble court
Propre mignonne et si tres vtile
Que de toutes regions l'on y court
Pour y prendre deduit veoir son estille
Quant va ouyr sa messe ou va par ville
Ou champs o. ses cheuaulx et mesgnie
Tous ses officiers et gent gentille
Sont en bel ordre et belle compagnie

En ceste court trouuerez tous estas
Contes marquis barons cheualerie
Grans arceuesques abbez et prelas
Escuyers nobles et grant seigneurie
Presidens conseilliers chancellerie
Chappelle bons chantres officiers
Tendeurs chasseurs veneurs falconnerie
Tous bien acoustrez mignons et gorriers

C'est vne grant recreation d'oeil
De veoir son train vng solas vng plaisir
Vng bel train ioyeulx chasse de tout duel
Tous belles gens et de noble désir
C'est vng duc qu'on doit eslire et choisir
Treshault tresillustre et tresexcellant
Des aultres ne mesdiz ny desplaisir
Mais c'est vng duc saige et beniuolent

Son peuple tracte tant humainement
Que riens ne le moleste ne trauaille
Recoit ses gens a vray hommaigement
D'eulx ne prend que son droit denier ou maille
Aux pouures gens l'aumosne doune et baille
Troys iours de la sepmaine par charite
A de persounes pour iour que ne faille
Plus de troys mille ce croy en verite

Sa maison par chault ou froit gris ou vert
A tous estrangiers est habandounee
Or argent pain vin tout y est ouuert
Chacun y prend maint repas et disnee
C'est vne maison si bien ordounee
Tapissee dedans et ala ronde
Plaine de gent bien moriginée
Aussi de mainte persoune faconde

S'il y vient roys ducz contes marquis
Cardinaulx cheualliers barons prelas
Tous sont bien venuz comme il est requis
Festoyez par triomphe et grant soulas
Ambassadeurs ou pouures gens helas
A chacun d'iceulx selon son endroit
Monsr le duc sans iamais estre las
Vertueusement fait responce et droit

Pour vng ieune seigneur d'age et de temps
Comme est mons^r le duc de Sauoye
Qui n'a pas encores vingt cinq ans
A bien trouue des vertuz la voye
Tant plus l'on le veoit tant plus l'on a ioye
Il est bel bon plain d'amour et de grace
Et quant vng le sert bien mais qu'il le voye
Le recompensera en toute place

Quat feu son pere vint celle saison
Pour estre de la duche possesseur
Monsr le duc qu'est ores par raison
Vsa d'une grant amour et doulceur

Quant il print sa cousine par houneur
Fille de feu Charles duc de Sauoye
Et de ma dame Blanche soyez seur
Quensemble longuemet viure les voye

De ma damme Blanche quant ie m'aduise
Treshumble benigne saige en verite
Yssue de noble maison marquise
De Montferra plaine de nobilite
Elle fut par aliance et vnite
Au feu duc Charles lors espousee
Et durant le temps de sa viduyte
La duche par houneur a gouvernee

Auec le roy francoys tres chrestien
Aussi auec les ligues d'Italie
La noble dame a eu bon entretien
Sans douner au peuple merencolie
De sa part la guerre a fort abolie
Depuis Chambery iusques à Verceil
Tousiours a eu l'oppinion iolye
Et obeissante a son bon conseil

Sa court elle tient si tresexcellente
Mignonne propre belle necte et monde
A houneur et vertu fort sactalente
C'est vne dame en qui tout bien redonde
Sa court de tresnobles dames habonde
Grant nombre ya de ieunes damoyselles
Et si ne croy point que dame du monde
Royne ne duchesse en ait de plus belles

Premierement ma dame la duchesse
Yolant sa fille sans nul doubtance
C'est noblesse c'est vertu c'est prouesse
C'est vne fontaine de grant prudence
C'est merueilles actendu son enfance
Et ieunesse de son entendement
Au fort pas ne m'esbahiz de sa science
Car elle a eu tresbon gouuernement

Elle est de beaulte clere et brunete
Visaige poupin ieune iouvencelle
Faitisse plaisante tresiolyete
Entierement de corpulence belle
Dame ou pucelle iamais ne veiz telle
Pour deuiser dancer a doulx maintien
Toutes vertus se trouuent entour elle
C'est plaisir que de veoir son entretien

L'on veoit par tout q'ung enfant ieune deage
N'a pas vouluntiers sagesse ne sens
Dieu luy a doune cellui auantaige.
Et nature aussi tout ce ie consents
Hommes femmes plus de mille cinq cens
Qui l'ont veue la doiuent bien louer
Et de ce peu qu'en ay veu ou ien sents
De toutes vertus elle est miroer

Se mons^r le duc son mary l'appelle
Elle ly respond si treshumblement
En reuerence comme vne pucelle
Qu'elle est encor ce croy certainement
Ilz se maintiennent amoureusement
Et leur amour de bien en mieulx se lye
Et s'entrayment si cordialement
Tellement que iamays ne se deslye

C'est don de Dieu n'en faictez point doubtance
Qui a compose cestuy mariage
C'est vne belle et tresboune aliance
Pour le bien du pays et auantaige
Ie pry a Dieu que long temps et long age
En sante puissent tous deux viure ensemble
Leur doint auoir hoirs et faire lignaige
Qu'aleurs bounes vertus tire et ressemble

Quant ma damme Blanche va a messe
La suyuent les tresbelles iolyetes
Propres mignonnes plaines de noblesse
Chacune soubz son bras ses matinetes

Portans leurs coliers d'or belles trempletes
Velours satin damas tous draps de soye
De corps de visaige les mieulx pourtraictes
Que iamais nature fit en Sauoye

Soit en chambre soit en sale ou en place
Deuant ma damme en passe tres grant erre
Sont si bien aprinses plaines de grace
Que reuerence ly font fin en terre
C'est pour plus grans biens de leur damme acquerre
Point ne m'esbahiz de leur sapience
Ne de leurs vertuz ne me veulx enquerre
Car tout vient de leur dame d'excellence

Elles sont si tresbien moriginees
Que s'il vient roy ou duc pour deuiser
Ou quant elles sont en dances menees
Scavent bien leur saige maintien vser
En leurs chambres entr'elles leur muser
N'est si non faire de leurs mains ouuraige
L'une se mect couldre l'aultre enfuser
Fil dor ou soye par noble couraige

Selles sont belles de bonte meilleures
Deuocieuses par cordialité
De deux en deux s'en vont disant leurs heures
Tous matins seruet la haulte deyte
Et qui vouldroit choisir a la verite
En beaulte bonte l'aultre plus que l'une
Elles sont toutes belles par equite
Et bonte leur est a toutes commune

Ou sont allees Iuno Palas Venus
En beaulte deesses venerieuses
Minerue Dido. que sont deuenus
Thamaris. Creusa. Semiramis. Preuses
Les douze sibilles tant sumptueuses
Sarra Ester Sanna ne aultres d'elles
Ne furent si belles ne vertueuses
Comme sont les tresnobles damoyselles.

Le tout procede de ma damme Blanche
Tresclere fontaine de sapience
C'est com vng bel arbre ou ie ne voy branche
Qui ne soit charge de fruit habondance
Qui plus la veoit plus y aprendre science
C'est à elle qu'on se doit retirer
Et qui la seruira par ma conscience
Biens et vertus d'elle pourra tirer

Que diray ie de ceste noble dame
Tant saige tant discrete tant prudente
Catholicque deuote de corps d'ame
Parfaicte vertueuse et eloquente
Comme le souleil c'est chose euidente
Sus les estoilles luyt et rend flammes
Ainsi est la noble dame excedente
En biens et vertus les aultres dames

Les estoilles sont sans nombre estables
Qui toutes les compte il se mescompte
Ainsi sont ses biens innumerables
En ses vertus n'a point de final compte
Elle a de vertus plus que ne racompte
Il n'est langue qui les sceut toutes dire
Encre ne papier diray sans honte
Ne main d'homme ne les pourroit escripre

Pourtant nobles de Piemont ou Savoye
Iamais ne vous aduint vng plus grant bien
Duc dame aussi duchesse auez en voye
C'est tout vng cueur vng vouloir vng lyen
Duc ne scay roy ne prince terrien
Royne duchesse dame ne princesse
Sus ma conscience le prens et soustien
De plus grant vertu ne plus grant prouesse

O zephirus soufflez arbres et fleurs
Teignez iardins champs et prez en verdeurs
Par tout ou Monsr le Duc passera
Remplissez les tost de bounes odeurs

Pour resiouyr les gens et nobles cueurs
Et appellez vostre amye Flora
Car a ce faire vous aydera
Aultrement sommes de vous mal contens
S'il nous crouient actendre le primtemps

Et vous Phebus que faictez vous lassus
Ne dormez plus mectez vous au dessus
Estandez voz raidz de chaleur tousdiz
Fondez chassez les neiges de ca ius
Frappez fort et torchez sus ce freius
Maints ieuz n'ont point de lieu tant il fait gris
Faictez le temps bel lors grans et petis
Par tout Piemont ou par toute Sauoye
Pour Monsr le Duc feront feste et ioye

Chantez chantez les nobles de Sauoye
Et de Piemont faictez que l'on vous oye
Menez liesse triomphe et houneur
Tendez tappiz desployez or mounoye
Car droit et raison si vous crouoye
De faire grant feste a vostre seigneur
Il est si preux si bel encor meilleur
Monstrez-vous vassaulx en toute place
Bien est qui a de son seigneur la grace

Et vous l'esglise qui querez soustien
Ayde support faueur entretien
Ores l'avez n'en faictez point doubtance
C'est Monsr le Duc de si bon maintien
Deuot catholic tresbon chrestien
Qui vous ayme selon Dieu et conscience
Iamais ne vous laisse cheoir en souffrance
Pourtant chanoynes moynes d'abbaye
Carmes iacopins chantez pour sa vie

Artesains merciers drapiers et marchans
En general tant riches que meschans
Docteurs notaires aussi gens d'office
Et pelerins peuuent aller aux champs

Bien seurement chantant chançons et chants
Ores qu'est venu le bras de iustice
Monsr le Duc miroer de police
Depuis qu'il eust de son pays le faiz
Son peuple a tenu en tresboune paix

Pouure peuple des champs où de vilaige
Ne vous esbahissez prenez couraige
Ores que Monsr le Duc est venu
Regentez vos vignes et labouraige
Et menez vos bestes au pasturaige
Car par lui serez tousiours soustenu
Taillez couppez du boys gros ou menu
Faictez devant voz loges feu de ioye
Dancez au tour criez viue Sauoye

Et vous Panna qu'este Dieu des pastours
Et pastourelles qui sont aux entours
Monstrez cy vostre diune puissance
Faictez les saulter soupplesses et tours
Le fait le desfait et plusieurs retours
Chanter gaudir mener reiouyssance
Ne mectez a ce point de demourance
Car le temps est venu presentement
Qu'ils ont leur bon seigneur notoirement

Sus sus bergiers des champs que l'on souhaite
Laissez vostre pannetiere et hollete
Souhaitez sounez quelque basse dance
Chascun de vous preigne sa bergerette
Tastez leur teste soit dure ou molete
Dancez chantez et dictez a plaisance
Car pour Monsr le Duc plain d'excellence
En paix ferez paistre tous voz brebiz
Mengerez vos noix et vostre pain bis

Et vous petiz enfans dedans voz berds
Maillotez couchez de long ou enuers
Droit ou reuers chantez mama papa
Puis que voz langues parlent de trauers

Chantez voz vers a bouche ou yeulx ouuers
Rouges ou vers dictez la ny nyna
Car iamais enfant de laict ne disna
Ne desiuna pas si bon tectement
Come vous tecterez presentement.

Entre vous aussi petites fillettes
Mariees ou qui promises estes
Tresiolyetes faictez chappelletz
De ce vous prie belles godinetes
Et pucelletes cuillez violetes
Passez vos festes a faire bouquetz
Or desployez voz langues et caquetz
A maints bacquetz vous yrez par houneur
Car iamais n'eustes vng si bon seigneur

Oyseaulx du ciel vous dormez ie le voys
Dans voz nids pour le grant froit yuernoys
Sortez au boys dire vos chanconnettes
Pincons chardonniers papegaulx yndoys
A haulte voix chantez sur le guingoys
Et adegoys ouurez cy voz gorcectes
Rossignolz merles rompez vous les testes
Chantez ou criez hault que l'on vous oye
Vive le Duc et aussi vive Sauoye

Paons faisans perdris et perdrigaulx
Grues gras hurons canars cailleteaulx
Tous estourneaulx et aultre volatille
Porcs sangliers deins ou sauuaiges cheureaulx
Bisches serfz beaulz lieures et lappereaulx
Bestes royaulx sauuagine gentille
Venez deuers vostre seigneur en ville
Mais vostre estille est n'en faire riens
Bien vous aura o ses oyseaulx et chiens

Griffons ours lyons aussi liepars
Monstres hideulx magos loups affamars
Aussi renars. chacun soit en son gouffre
Olifflans tous estranges bouffelars

Et giraflars. serpens coques coquars. ……… 13
De toutes pars. les desers ie vous ouffre ………
En voz cauernes puans come souffre ………
Tenir vous souffre. car la plus vous ame
De nul de vous proffiter ne peult ame

Que faictez vous Eolus dieu des vens
Mandez de ponent es pays leuans
Voz bons seruens par l'air et boufferie
Vulturne. boreas. sortez seruens
Hors voz conuens. allez soufflans bruyans
Faictez scaunas a toute seigneurie
Loz l'ouneur. noblesse cheuallerie
De Sauoye et sa ducale maison
Vous le deuez faire car c'est raison

Tremblez tremblez Sarrasins et payens
Turcs mores iuifz macedoniens
Guineans barbarins de Dieu hais
Gens reniez qui ont la foy trahiz
Memelus pires que bestes ou chiens

Le tresnoble duc des Sauoysiens
Ensemble tous les princes chrestiens
Si plaist a Dieu yra fin a vostre huys

Tremblez tremblez

Le pape tressaint et ytaliens
Ont paix auec le roy treschrestiens
Alemaigne Espaigne et aultres pays
Seront auec monsr le duc vniz
Pour vous aller confondre corps et biens

Tremblez tremblez

Leuez voz cueurs tres chrestiens francoys
Rommains espaigneulx germains escossoys
Aussi la region ytalienne
Tant fleurentine que venissienne
Napolitains ferrarins millannoys

Et vous aussi hongroys flanmans angloys
Nauarroys frisiens portingaloys
Tous ensemble pour la foy chrestienne

     Leuez voz cueurs

Payens tenans pire foy q'une chienne
Troys pars de la region terrienne
Tiennent a faulces enseignes et loix
Helas princes xpiens tous d'une voix
Confundez les que nre foy se tienne

     Leuez voz cueurs

Aliez vous tous princes chrestiens
Car la puissance infidele crest. tiens
Contre nous. mais auat Dieu les confonde
Si vous prie qu'on destruyse et qu'on fonde
En mer ou abisme tout le debat
D'entre xpiens. ores le de. bat.
Par questions guerres diuisions
Payens prennet sus vous dix. visions
Pour vous assaillir a leur auantaige
Mais si ie visz ou ne meurs aunat. age
Dieu vous vnira s'est mon esperance
Pour aller contr'eulx bien espere en ce
L'on a fait maint sang chestien espandre
Mourir noyer gens estrangler et pendre
A tort par guerres et question vayne
Nous n'auons corps menbre nerfz ny veyne
Qu'en l'autre monde chacun ne s'en sente
S'il a tenu du bien ou .mal la sente
Pourtant ce pendant que sommes en vie
Deuons esloigner question euye
Raporteurs traistres flateurs leur malice
Affin que nulle guerre ne mal ysse
Guerre a maint roy maint duc et maint conte
Remis sus. les aultres a pouure compte
Guerre venimeuse trop pique et mord
Par son sort a rendu maint homme mort

Guerre engloutist tout onc ne viz chat. tel
Tout gourmande citez ville et chastel
Il n'est esglise calice ne chappe
Qu'elle ne preigne d'elle riens n'eschappe
De sa cordelle ou sainture tout saint
Point ne vise lieu sacre Dieu ne sainct
Marchandises ensemble leurs marchas
Qui vont aux foyres a grans pas marchans
A cheual ou a pie sont destroussez
Et puis leurs biens sont abeaulx dez. trossez
Dissipez iouez a cartes ou tables
Par les suppotz de guerre sus leurs tables
Blasfemans Dieu sa mere nostre dame
Larrons murtriers sans auoir pitie d'ame
Ou guerre passe filles sont violees
Soit blanches rouges noires ou violees
Ignoscens petiz enfans sont occiz
A grans coups mortelz par foiz cinq ou six
Cruellement et par felon couraige
Et pour sauluer mon parler encor ay ie
Sus escript maintz suppotz nos tous gens
Car nobles se monstrent en leurs faiz gents
Seruans leur prince en guerre noblement
Qui aultremet le fait tel noble ment
Contre Dieu son prince et toute noblesse
Mais le pire que voy et qui nous blesse
Aucunes foiz l'on est contraint a guerre
Contre maint prince qui son droit gue. erre
Par quoy se fault mectre en iuste deffence
Sinon c'est contre droit car Dieu deffend. ce
Et qui veult vser de fole vengence
N'a iamais victoire ne se venge en ce
Luciffer l'orguilleux et oultrecuyde
Contre Dieu n'auoit pas bien oultrecuyde
Parquoy tresbucha iusques en enfer
Illec estache en chaynes en fer
Guerre iuste a bon droit en champs ou iouste
La paix me plaist mieulx ma foy y adiouxte

Car moy bien malade dans ma couche
Prins papier encre et par escript couche
Le debat de guerre aussi de la paix
Tresnoble par laquelle plus me paistz
Car paix ouys lors plaine de raison
Et guerre ly arguoit par desraison
Par despit en tout mal et par delict
De les ouyr toutes deux prins delit
Et plaisir, riens me dura celle nuyt
Si maladie que toutes gens nuyt
M'auoit fait oblier de leurs parolles
Vous en diray en peu vers ou par rolles
Ce que i'en scay ou ce que m'en souuient
Guerre trouuay disant comme soubz vient

Guerre cy commence
Par fiere loquence

GUERRE

Guerre suis sus toute terre emperiere
Tressinguliere. dame aussi maistresse
Il n'est personne au monde si fiere
Qu'amoy s'affiere. que ne tue ou fiere
Quant ma baniere. ou enseigne se dresse
Flaterye trayson ianglereresse
Enuye faulx raport me font seruice
Auec telz gens foiz tousiours mon office

PAIX

Et ie suys paix de tous biens tresoriere
De Dieu chambriere. pour mon humilité
Qui me veult adieu souuat fait priere
Foy droituriere. aussi droite lumière
Sont auec moy amour aussi vnite
Raison justice bon renon verite
Telz gens me seruent a mon grant affaire
Tout mon cas n'est que de viure et bien faire

GUERRE

Les vngs par moy sont a cheual montez
Et remontez d'un grant los et houneur
Et les aultres par moy sont surmontez
Et desmontez de leurs chasteaulx contez
Baronnies cheuance ou leur valeur
Soubz moi tiens fortune eur et maleur
Les vngs sont riches ont bon temps bon an
Les aultres tuez qui a mal son dan

PAIX

Sans faulte guerre cela ne vault riens
Faire des biens puis faire plus grans maulx
Par toy en sont dampnez maints chrestiens
Leurs biens ce tiens. sont d'aultruy non pas siens
Tenuz sont de les rendre si ne faulx
Tu faiz mourir gens en pechez deffaulx
Sans repentir confesser ne messe ouyr
Die ne prend pas en tes faiz grant plaisir

GUERRE

Je n'ay que faire de Dieu ie le quicte
Plus m'est licite triompher deduire
Et toy tu me sembles vne ypocrite
Morte despite. de force petite
Qui ne scet riens faire dire ne bruyre
Ie foiz tant de roys ducz et princes luyre
Harnoys reluyre. et amas de pions
Courir la poulaille oyes et chappons

PAIX

Par moy papes empereurs cardinaulx
Roys admiraulx ducz princes et barons
Dames damoyselles et damoyseaulx
En leurs chasteaulx ou grat palays royaulx

Viuent en seurete toutes saisons
Par toy sont blecez ou mors par poysons
Ou viuent en paour ou crainte toute quicte
Par quoy tu es de toutes gens mauldicte

GUERRE

Pour leur mauldire
Croist plus mon yre
Et mal pourchasse
Pour faire pire
Et les destruyre
Leur mort enbrasse
Chastel et place
Ville ou villasse
A feu et sang veulx faire cuyre
Ie n'ay que faire de leur grace
Gardent soy de deuant ma face
Car ie ne serche que leur nuyre

PAIX

Dieu nostre sire
Du hault empire
T'en peult deffendre
Ton faire et dire
Peult escondire
De tant offendre
Tu pourroys fendre
Que tel esclandre
Ia ne feras si te retire
D'un si grant oultraige comprendre
Laisser cela vueilles entendre
Aultre party vueilles eslire

GUERRE

Debot mesgnye
Orgueil enuye
Venez auant
Sus flaterie

3

Faulx raport crye
Souffle le vent
Yre scauant
Allez deuant
Pour seruir guerre vostre amye
Mectons bas esglise et conuent
Ville et chasteaulx allons trouuant
Et a plusieurs ostons la vie

PAIX

Raison iustice
Amour police
Sus sus debot
Verite ysse
Faire seruice
Pour paix sus tout
Vnion tost
Dictez le mot
Que xptiente l'on vnisse
Allez plus viste que le trot
Car guerre batist vng tricot
Pour y vser de sa malice

LACTEUR

L'une de l'aultre se robe et se emble
Sans dire adieu ne conge se me semble
Ne scay si ie dormoye ou veilloye
Malade riens ne chasse ne veille. oye
Mais lors me surprint ceste aduision
Paix qui du bien public a vision
Laissa illecques guerre comme folle
Et pour obuier oppression foule
Manda lors ores a des vnion
Et raison por confondre desunion
Faisant scauoir que qui la sert ou prise
Seurete et l'amour de Dieu a prise
Par quoy ores cognoys euidenment
Estre paix ou semblant euident. ment

Et guerre mauldite qui toute yre. a
Droit aux infernaulx palus s'en yra
La paix est boune de guerre foiz fin
Il n'est tresor argent ne or si fin
Qui vaille paix et plus ne vous en diz
Se vng veult guerre de paix en sont dix

Si veulx que Piemont et Sauoye. voye
Que leur duc tient paix tant ly desplaist. plaict
Allez par tout qu'on ne desuoye. voye
Car tout bon chemin qu'estoit desfait. fait
Seruez le bien car qui ly complaist. plaist
Faictez deuant luy comme vassaulx. saults
Festoyez vous chacun son souhait. ait
Et vous faictez de desfeaulx. feaulx

Qui veult auoir bien vers ly recourt. court
Des iambes vous en diz mon scauoir. voir
Aumosnier est les pouures secourt. court
Et brief necessiteulx veult pourueoir. veoir
Bon leuer matin et bon asseoir soir
Ly doint Dieu c'est mon deuiser. viser
Et ly prie que ly doint auoir hoir
Qu'en ses vertus puisse muser. vser

Ores est Sauoye bien estrenee
Nee. pour tous temps en boune planecte
Necte. est et en vertus bien disposee
Posee. en paix et de tous biens reffaicte
Faicte. est pour elle pas s'en desmecte
Mecte. soy gracier son createur
Eur. a tresbon po^r bien estre s'arreste
Reste. qu'elle n'eust onc si bon seigneur

Nobles bourgeoys damoiselles marchans
Chantz. pouez chanter railler deuiser
Viser. deuez de vous monstrer contens
Temps. auez bel et bon sans abuser

Vser. pouez seruir vous propouser
Pouser. reuerence et au duc complaire
Plaire. ly deuez chausser deshouser
Houser. et tout bon seruice luy faire

Sauoye s'esioye. chantez dancez
Et Piemont pie. amont debot sus bot
Gambades. aubades menez sounez
Faictez festes. vouloir valoir tout tost
Toute gent. tout est gent. pichot pitot
Courez couchez ou coulez. place glasse
Diuins de vins. sans sens escot et pot
Dressez vous que par tout le soulasse

Nobles sauoyens ducalins
Et piemontoys principalins
Comme vassaulx soyez enclins
Gracier Dieu dans voz maisons
Cordelliers carmes iacopins
Hermites reclus augustins
Obseruantins et celestins
Dictez pour le duc oraisons
Priez pour ly toutes saisons
Q ly doint tous soirs et matins
Longue vie sante sans fins
Et biens aurez de ly foysons

Vous cordelieres augustines
Carmelines et iacopines
Femmes de Dieu obseruantines
Pour le tresnoble duc priez
Celestines nonnains beguines
Recluses en chambres marbrines
Dictez vespres et voz matines
Euers Dieu pour le duc orez
Et en voz prieres ayez
Yolant sa femme benignes
Ma damme Blanche mere dignes
Parens amys et aliez

Philibert ethimologise

Philibert prince preux paysible
Praticquant paix publicquement
Produysant promesse possible
Parfait parlant pertinemment
Poysant parolle plaisament
Possedant peuple politicque
Priam paris plus puissamment
Point priuoyent paruerse picque

Habitacion ha hounorible
Hantant habit hounestement
Haultainement harnoys hantible
Herculisant huy hardiment
Hommaigeant hommes humblement
Hounorant harangue humanique
Habandoune herbergement
Haissant hideux heretique

Ieusne iouuencel infallible
Induit instruit ioliement
Iusticier incorruptible
Intrant ioyeulx incessamment
Iason iasounant ioinctement
Iauelinant ius yre inique
Incitant ioustes iournellement
Iuste inthimateur iuridique

Lomme large leure loysible
L'or l'argent leuant loyalment
Labeur l'ayme lustre luysible
Louenge l'acueil longuement
Le liure lit l'istoirement
Langaiges les loix la logique
L'amy l'est luy l'acueillement
Lancelot l'ardi leonique

Iocunde ymage intelligible
Ymaginant iocundement
Iardins iaz iappans inuestible
Ieux il ignore iurement
Ingratitude yrement
Ycelluy inuiolatique
Inuocant intencioneement
Inputacion illustrifficque

Blancheur beaulte beniuolible
Blondeuse bieneureusement
Brandon branche bien benoisible
Bienfacteur bruit bonairement
Bras boys bataillant bounement
Brodes barbarins bohemique
Bandant bastons bombardement
Boutant bas boulouart broc bricque

Eloquent espoir esiouyble
Enlumine entendement
Esperit esglise exaulsible
Entretenant entierement
Eminent est euidenment
Et euadent erreur ethique
En estat eternellement
Estature excellentifique

Recteur regnant region regible
Remunerateur realment
Repoz reffugement rassible
Responce rend reuerenment
Raison reluisant rondement
Rengeant ruralite rustique
Rabaissant rumeur raillement
Richesse ric roc riens replicque

Tuteur tressumptueulx tuysible
Triomphant tempereement
Tans tresors tiltres tiens taysible
Tost tracteray terminement

Toutesfoiz tresbenignement
Tressaincte trinite triplicque
Tel treshumain totellement
Tenez tousiours treshault trosnique

Monsr le duc tient vng chemin
Qu'atous princes loing ou voysin
Porte amour et beniuolence
Complaire a tous c'est grant prudence

C'est vng seigneur doulx et bening
Qui oste guerre et tout venin
De tous princes fait aliance
Complaire a tous c'est grant prudence

Tous princes l'appellent cousin
Amy lie parent affin
Pour sa parfaicte intelligence
Complaire a tous c'est grant prudence

Prince celestien diuin
En sante longue soir matin
Viue sa ducale excellence
Complaire a tous c'est grant prudence

Noble escu sauoyen benigne
Le duc a par grant felicite
Au champ d'argent blanc com vng signe
Apres l'or metaulx a milite
Aux quatre quartiers en verite
Seme de gueulles couleur vroye
Seraphine par grant dignite
Belles armes a donc Sauoye

De cest escu dire m'encline
Son droit blason et profundite
Region ne scay plus voysine
Du ciel qu'est Sauoye en verite
Treshumble a la haulte deyte
Tousiours son champ blanchit enuoye
En signe de grant humilite
Belles armes a donc Sauoye

Tel blancheur d'umilite digne
A quatre quartiers par equite
Pour quartier gueule seraphine
Comme lassus vous ay recite
Chacun quartier trouue l'unite
De feu et d'eaue ou mer diroye
De l'air et de terre prend firmite
Belles armes a donc Sauoye

Prince l'escu dumblesse argente
Engouler voy par toute voye
Vng element par sollempnite
Belles armes a donc Sauoye

Cest escu par l'air nect et mond
Son pays ou terre tient forte
Le feu alume l'eaue amorte
Par tout veoit ca et oultremont

Pardounez moy messrs de Sauoye
Et de Piemont si lassus mal disoye
Car plus ne vous en diz du bien ducal
Pource que ores me reprint le mal
Droit sus ce point ne sauoys ou i'estoye

Dames damoyselles se plus pouuoye
Ce liure plus long vouluntiers feroye
Las ie ne puys pour mon mal capital

Pardounez moy

Se Dieu me gard de tumber aval
Ou que ie soye en sante liberal
Que maladie plus ne me fouruoye
Viseray vous douner plaisir et ioye
Mais pour le present tous en general

Pardounez moy

GLOSSAIRE-INDEX

A

Acquerre, acquérir.
Actendre, attendre.
Acteurs, auteurs. Voir *Glossaire* La Grange.
Acueillement, accueil.
Adiacens, adjacents.
Adiouste, ajoute.
Adventure (bonne), bonne aventure, faveur.
Advision, vision.
Affamars, affamés.
Affere (s.), à rapprocher des mots *il affiert,* il convient.
Altere, affaibli.
Amorte, amortit.
Amyable, aimable, gracieux. Voir *Glossaire* La Grange.
Andromaca, femme d'Hector.
Aplain (plus), plus amplement.
Arcevesques, archevêques.
Artesains, artisans.
Aumosnier, charitable.
Aval, en bas, plus bas.

B

Barbarins. Voir le *Glossaire* La Grange où le mot est traduit par *Berbères,* « peuplades africaines qui ont donné leur nom à la Barbarie. »
Basilique, de basilic.
Beguines, religieuses. Voir le *Glossaire* La Grange, au mot *Béguins,* où est rapporée, d'après le *Dictionnaire de Moréri,* une étymologie inacceptable. On trouvera la vraie étymologie dans l'article *Béguine* de l'excellent *Dictionnaire général de la langue française,* par MM. A. Hatzfeld, A. Darmesteter et A. Thomas.
Belfort, ancien chef-lieu d'arrondissement du Haut-Rhin, formant aujourd'hui le territoire du même nom.
Benivolence, bienveillance. Voir le mot *Benigvolence* dans le *Glossaire* La Grange.
Benevolent, bienveillant.
Benigne, Bening, doux. Voir le mot *Benign* dans le *Glossaire* La Grange.
Benignement, avec douceur.
Benivolible, devant être bienveillant.
Benoisible, devant être béni. Cf. le mot *Benoist,* dans le *Glossaire* La Grange.
Berds, berceaux.
Bergerette, petite bergère.
Bergiers, bergers.
Bienfacteur, bienfaiteur.
Bisse, serpent.
Blanche (ma dame), Blanche de Montferrat, femme de Charles Ier, duc de Savoie.
Blandeuse, de *blandusa,* attrayante, caressante.
Blason, réputation, renommée.
Bohémique, bohémien.
Bonairement, débonnairement.
Boreas, Borée, le dieu du vent du Nord.
Bouffelars, buffles.
Boufferie, souffle.
Boulovart, boulevard.
Bounement, bonnement.
Bourdeaulx, Bordeaux. Voir *Glossaire* La Grange, où l'on rappelle que cette prononciation ancienne du nom de la capitale de la Guyenne se conserva jusqu'au XVIIIe siècle.
Boutant, mettant.
Brebis, brebis. Le mot est employé au masculin par Guilloche.
Broc, peut-être le mot gascon signifiant épine, et, par extension, palissade. En ce cas le vers pourrait se

traduire ainsi : « Renversant rempart, barrière (en bois), barrière (en maçonnerie). »

Brodes, vauriens, canaille. Voir le *Livre de raison de la famille Dudrot de Capdebosc*. (Auch, 1891, p. 36.)

Brunete, un peu brune.

Bruyre, faire du bruit.

C

Cailleteaulx, jeunes cailles.

Caquets, babillages.

Carmelines, carmélites. La forme *carmeline* se retrouve dans les *Lettres* de Peiresc.

Celestien, céleste.

Chablays, Chablais, ancienne province de Savoie dont la capitale était Thonon, et qui forme aujourd'hui un arrondissement du département de la Haute-Savoie.

Chambéry, chef-lieu du département de la Savoie.

Chambrière, fille de chambre.

Chappellets, couronnes de fleurs.

Chardonniers, chardonnerets.

Charles, duc de Savoye. C'est Charles Ier, surnommé le Guerrier, mort en 1489.

Chevir, tomber.

Chevance, ce qu'on possède, ce dont on dispose.

Compilateur (de paix et justice), celui qui réunit la paix et la justice.

Convent, monastère, et aussi retraite, asile.

Coquars,
Coques, } Signification introuvable.

Cordelle, petite corde, cordelière.

Corpulence, prestance.

Creusa, Créüse, la fille de Priam et la première femme d'Énée.

Cueur, cœur. Voir *Glossaire* La Grange.

Cuillez, cueillez.

Cuydes-tu ? penses-tu ?

D

Damoyseaux, jeunes gentilshommes.

Damoyselles, jeunes filles nobles. Voir *Glossaire* La Grange.

Dan, dommage.

Debot, debout.

Deceu, trompé. Voir le mot *decepvoir* dans le *Glossaire* La Grange.

Deduit, amusement.

Degoys (à), à plaisir.

Deins, daims.

Demourance, retard.

Derrier, méridionalisme, pour dernier.

Deschargé, lancé contre.

Desfeaulx, déloyaux.

Desmecte, démette.

Deshouser, ôter les houseaux, déshabiller.

Desiuna, déjeuna.

Desvoye, quitte la voie.

Deviser, dire, raconter. Voir *Glossaire* La Grange.

Devocieuses, pieuses.

Deyte, divinité.

Dictateurs, qui dictent.

Dido, Didon.

Die, Dieu.

Disnée, dîner.

Doint, doune, donne.

Dorleans (duchesse), d'Orléans.

Dormoye, dormais-je.

Doubtance, doute. Voir *glossaire* La Grange.

Douste, d'Aoste, province du Piémont.

Draconicque, de dragon.

Droituriere, loyale.

Ducalins, habitants du duché de Savoie.

Dueil, Deul, deuil. La forme *deut* est indiquée dans le *Glossaire* La Grange.

Dumblesse, c'est-à-dire d'humblesse, humilité.

Dunoys, Dunois. Comté dans la Beauce (Eure-et-Loir), acquis, en 1391, de Jean II, comte de Blois, par Louis d'Orléans.

E

Eage, âge.

Eaue, eau. Voir *Glossaire* La Grange.

Eccuba (d'), **Deccuba**, Hécube, épouse de Priam.

Egritude, maladie.

Emble, vole.

Emperiere, impératrice.

Enchassez (en terre), mis en terre.

Endroit (selon son), selon sa manière. Voir *Glossaire* La Grange.

Enfuser, mettre sur des fuseaux, filer.

Engouler, avaler, engloutir.

Enlumine, illumine.

Enquerre, enquérir.

Entours, environs.

Entretien, tenue.

Entretien (bon), bons rapports.

Eolus, Éole.

Erre, allure.

Esclandre (de maladie), inconvénient, préjudice.

Escondire, éconduire.

Escripteurs, écrivains.

Esjouyble, qui doit réjouir.

Eslire, choisir.

Espaigneulx, Espagnols. Voir *Glossaire* La Grange.

Espandre, répandre.

Esperit, esprit. Voir *Glossaire* La Grange.

Estables, stables.

Estature, stature, attitude.

Ester, Esther.

Estille, façon d'être, habitude. Voir *Glossaire* La Grange.

Estrangiers, étrangers. Voir *Glossaire* La Grange.

Estrenee, étrennée.

Ethimologise, étymologie.

Esthique, morale.

Eur, heur, félicité.

Evadent, évitant.

Exaulsible, qui doit être exaucé.

Excedente, qui surpasse.

Excellentifique, excellentissime.

Estache, attaché.

Estourneaulx, étourneaux.

F

Faconde, qui parle bien.

Faille (que ne), que je ne me trompe. A rapprocher de :

Faulx (si ne), si je ne suis dans l'erreur.

Falconnerie, fauconnerie.

Faitisse, de *factitius*, artistement fait, gracieux.

Faix, fardeau.

Faucigniac, Faucigny, ancienne province de la Savoie, aujourd'hui faisant partie du département de la Haute-Savoie.

Feaux, loyaux.

Ferrarins, habitants de Ferrare.

Festoyez, fêtés.

Fiere, frappe.

Fin en terre, jusqu'en terre.

Firmite, fermeté.

Fleurentine, Florentine.

Flora, Flore, déesse des fleurs et des jardins.

Fonde, enfonce, plonge.

Foule, oppression.

Françoys, français.

Fretus, mot dont la signification est inconnue.

Fribourg, un des cantons de la confédération helvétique.

Fristens, habitants de la Frise.

G

Gal, gaulois, de *Gallus*.

Gaudir, se réjouir.

Gay, Gex, chef-lieu d'arrondissement du département de l'Ain, au pied du Jura.

Genesve, Genève.

Gent, noblesse. Voir le *Glossaire* La Grange, qui rappelle que le mot latin *gens* signifie famille noble.

Giraflars, girafes.

Godinetes, donzelles.

Gorcettes, petites gorges.

Gorriers, coquets.

Gourmande, pille, gaspille.

Gouvernement, éducation.

Gracier, remercier.

Guineans, habitants de la Guinée.

Guingoys (le), mot inexplicable, ou, pour mieux dire, inexpliqué.

Guyse, façon.

H

Habandounee, abandonnée.

Habondance, abondance. Voir *Glossaire* La Grange.

Hantible, convenable.

Harnoys, accoutrement.

Herbergement, action d'héberger, redevance.

Herculisant, agissant comme Hercule.

Houser, mettre à quelqu'un les houseaux, l'habiller.

Hoirs, héritiers.

Hollete, houlette.

Hommaigeant, recevant l'hommage.

Hommaigement, action de rendre hommage.

Hounorible, qui doit être honoré.

Humanique, humaine.

Huy, aujourd'hui. Voir le *Glossaire* La Grange.

Huys (l'), la porte.

I

Iacopins, jacobins. Voir le mot *Jacobins* dans le *Glossaire* La Grange.

Iappans, jappans.

Iason, Jason, chef des Argonautes.

Iasonnant, jasant. Ai-je besoin de dénoncer là un jeu de mots?

Iavelinant, se servant d'une javeline pour combattre.

Iaz, peut-être le provençal *jatz*, gîte, cabane, bergerie, etc. (V. Mistral, *Trésor du félibrige*.)

Ignoscens, innocents.

Illecques, là. Voir *Glossaire* La Grange.

Illustrificque, qui doit être très honoré.

Induit, habile.

Inputacion, attribution.

Innumerables, innombrables.

Intencioncement, avec intention.

Interdicte, excommuniée.

Inthémateur, qui intime.

Intrant, qui a de l'entrain.

Inventible, qui invente.

Inviolatique, qui doit rester inviolable.

Iocunde, *iocondement*, agréable, agréablement.

Ioinctement, régulièrement.

Iolyete, jolie.

Iongleresse, qui jongle.

Iouste, joute.

Iouvencelle, jeune fille.

Istoirement (l'), à la façon d'un historien.

Iuno, Junon.

Ius (ça), pour ça jus, ici-bas.

L

Lame, pour recevoir une inscription tumulaire.

Lancelot, un des héros des poèmes de la Table ronde.

Lassus, là-dessus.

Léonique, à la façon du lion.

Lermes, larmes.

Licite, permis.

Liepars, léopards.

Liesse, joie, allégresse.

Lignaige, lignage, postérité.

Ligny. C'est Ligny-en-Barrois (Meuse). Le comté de Ligny avait été donné par Louis XI, en 1481, à Louis de Bourbon, amiral de France.

Loges, logis.

Loquence, action de parler.

Loz, gloire. Voir le mot *Los* dans le *Glossaire* La Grange.

Luydible, qui luit. Voir le mot *Luyt* dans le *Glossaire* La Grange.

Ly, lui.

M

Magos, singes.

Maillotez, emmaillotés.

Maintien, contenance, tenue, et, dans un autre sens, soutien. Voir, pour ce dernier sens, le mot *maint noit* dans le *Glossaire* La Grange.

Mais, pourvu que.

Mamelus, Mahométans.

Marbrines, de marbre.

Matinetes, livre qui contient les prières dites à Matines.

Merencolie, mélancolie.

Meschans, dans le sens étymologique méchéant, défectueux. Voir le *Glossaire* La Grange.

Mesfait, méfait, préjudice.

Mesgnie, équipage.

Meurdrit, tua.

Miroer, miroir.

Molete, un peu molle.

Moriginée (bien), bien élevée, bien convenable.

Mund, *munde*, propre, pure.

Murtriers, meurtriers.

Muser (leur), leur flânerie.

N

Necte, nette. Voir *Glossaire* La Grange.

Nice, chef-lieu des Alpes-Maritimes.

Nobilité, noblesse.

Nonnains, nonnes.

O

O, avec.

Occist, *occis*, tue, tués.

Offendre, offenser. Voir le mot *Offendez* dans le *Glossaire* La Grange.

Oliflans, éléphants.

Oncques, jamais. Voir *Glossaire* La Grange.

Or, ores, alors, maintenant.

Orde, sale.

Ordonnée, où règne l'ordre.

Orendroit, désormais.

Orez, priez.

Oultrecuyde, outrecuidant, audacieux. Voir le mot *oultrecuides* dans le *Glossaire* La Grange.

P

Paistz, nourrit.

Palas, Pallas.

Palus, marécages.

Panna, Pan, le dieu des troupeaux et des pâturages.

Paour, peur.

Papegaulx, perroquets. Voir le mot *papegay* dans le *Glossaire* La Grange.

Parverse, perverse. Voir le mot *parvers*, dans le *Glossaire* La Grange.

Pascience, patience.

Pastourelles, bergères. Voir le *Glossaire* La Grange.

Pastours, bergers.

Pasturaige, pâturage.

Perdrigaulx, perdreaux.

Phebus, dieu du soleil, de la lumière.

Phelipes, le duc Philippe, père du duc Philibert.

Pichot, petit. C'est la forme gasconne.

Picque, querelle.

Pitot, petit.

Planecte, planète.

Poulaille, volaille.

Poupin, agréable, charmant. Le poète bordelais Jean Rus a dit : « O rose plaisante et *poupine*. » (P. 15 de l'édition de Bordeaux, Gounouilhou, 1875.)

Portugaloys, portugais.

Poure, pauvre.

Poysant, pesant.

Preigne, prenne.

Preuses, féminin de preux.

Principalins, sujets du prince.

Profundite, profondeur.

Prouesse, vaillance. Voir *Glossaire* La Grange.

Proufit, profit.

Prumerament, premièrement.

Pucelle, jeune fille. Voir *Glossaire* La Grange.

Puce'etes, très jeunes filles.

Q

Querez, cherchez.

Quicte, laisse.

R

Raidz, rayons.

Raillement, raillerie.

Rassible, qui rassasie.

Réalment, réellement.

Recité, raconté.

Recteur, gouverneur.

Redondans, contribuants avec abondance.

Reffugement, refuge.

Regentez, soignés.

Regible, qui doit être gouverné.

Reniez, renégats.

Renvers, renversé.

Reverenment, avec révérence. Voir *Glossaire* La Grange.

Ric roc, onomatopée.

Robe, vole.

Ronde (à la), tout autour.

Roy tres chrestien, le roi Louis XII, successeur de Charles VIII depuis le 7 avril 1498.

Ruralité, ce qui regarde la campagne.

S

Sactalente, c'est-à-dire s'actalente, s'atalente, prend goût à, se plaît à.

Sale, salle.

Sanna. Faut-il voir dans ce nom l'abréviation du nom de *Susanna*, Susanne ?

Sapience, sagesse. Voir *Glossaire* La Grange.

Sarra, Sara.

Sente, route.

Seraphine, féminin de *Séraphin*.

Serche, cherche.

Signe, cygne.

Sus, sur, dessus.

T

Tables, échiquiers.

Tastez, tâtez.

Taysible, qui doit être tu.

Tectement, *tecterez*, action de téter, téterez.

Tempereement, avec modération.

Tendeurs, tendeurs de filets, oiseleurs.

Terminement, pour terminer, à la fin.

Terrien, terrestre.

Thamaris, personne qui m'est inconnue.

Titule, intitulé.

Tost, aussitôt.

Tousdis, toujours.

Tractant, traitant. Le mot est traduit par tirant, choisissant dans le *Glossaire* La Grange.

Travaille, fatigue importune.

Trayson, trahison. Voir le mot *Traïson* dans le *Glossaire* La Grange.

Trempletes, mot dont la signification est inconnue.

Triplicque, triple.

Trosnique, qui appartient au trône.

Troyan, Troyen.

Tuysible, qui doit être protégé.

U

Unite, union.

V

Vaillant (tout ton), tout ce que tu possèdes.

Vaud, un des cantons de la Confédération helvétique, avec Lausanne pour capitale.

Veilloye, veillais-je.

Venerieuses, qui doivent être vénérées, révérées.

Venissienne, vénitienne. Voir *Glossaire* La Grange.

Verceil, ville forte des anciens États Sardes, à 76 kilomètres de Turin.

Verdeurs, verdure.

Viduyte, veuvage.

Vilaige, village.

Villars, chef-lieu de canton des Alpes-Maritimes, arrondissement de Puget-Théniers.

Villasse, grande ville.

Violees, violettes.

Vouluntiers, volontiers.

Vroye, vraie.

Vulturne, vent sud-est, qui soufflait du Vultur, montagne d'Apulie, aujourd'hui Voltore.

Y

Yndois, de l'Inde.

Yolant, Yolande, première femme du duc Philibert.

Yre, *yrement*, colère.

Ysse, sorte, finisse.

Yvernoys, de l'hiver.

Z

Zephirus, zéphyr.

Bordeaux. — Imp. G. GOUNOUILHOU, rue Guiraude, 11.